낮은 곳에서
피어나리

시인의 말

늘그막에 시를 쓰면서 삶에 보람을 느꼈고 한 편으론 더없이 행복했다.

우연히 어느 백일장에 응시하면서 시의 세상을 보게 되었다.

시에 대해 기본 지식도 없이 일상생활에서 느낌을 생각나는 대로 써서 응모했는데 장려상을 받게 되었다. 그 이후 용기를 내어 부족하고 미숙하지만, 틈틈이 모아두었던 원고로 시집을 내게 되었다.

그동안 응원해 주시고 성원해 주신 모든 분께 감사드리며 부족한 시집이지만 많은 분께 때론 위로가 때론 살포시 웃음이 피어나길 소망한다.

2019년 깊어가는 가을날
경규학

차 례

| 1장 할머니와 리어카 |

. . . .

| 2장 찔레꽃 |

| 3장 바람 나그네 |

· · · · · · · · · ·

| 4장 산사의 아침 |

할머니와
리어카

할머니와 리어카

허리가 기역자로
굽은 할머니

코가 땅에 닿을 듯
애처로운데

낡아빠진 리어카에
고물 밥을 먹인다

할머니는 배가 고파
죽겠다 하면서

리어카만 배부르면
기분이 좋아진다

두 바퀴는 좋아라
삐걱삐걱 노래하고

할머니는 신이 나서
어깨춤을 추신다

코스모스

발돋움하고
임을 기다리는 듯

발그레한 얼굴에
수줍은 듯 미소 짓네

가는 허리 하늘거리며
자태를 뽐내니

하얀 나비 날아와
임 되자 하네

닮은꼴

겨우내 얼었던 숲 속에
따스한 봄기운 돌아

보란 듯이 눈 녹은 땅
밀치고 나온 주먹 하나

귀여운 손아귀로
무엇이든 꼭 쥐면
놓지 않는 앙증맞은
네 모습이
우리 아가 손등에서
네 모양을 보는구나

나그네 달

초승달은 나그네
외롭기 그지없네

나그네 밤길가다
주막에 쉬어가듯

초승달도 감나무 가지에
걸터앉아 쉬고 있네

새 아침 밝기 전에
어서 가려므나
아침 까치 날아와
널 쪼아댈까 염려되는구나

날개

너는 나에게
바람이었고 날개였다

너를 걸치면
마음은 하늘을 날고

초라한 나를
아름답고 빛나게 했지

오색찬란한 무지개가
돋보이듯

너의 색동 날개가
나의 마음을 사로잡았어

오늘 밤도 꿈속에서
네 날갯짓에 날고 싶구나

진달래꽃

장난기 가득한
웃는 얼굴에

철부지처럼
빠알간 화장을 하고

여기저기 뛰어다니며
신기루 놀이를 한다

어둔 숲속을
환하게 밝힌

진달래꽃 아이들
벌 나비를 부르고

풀벌레도
같이 놀자며

바람에 향기 실어
멀리멀리 보낸다

가뭄

땅은 입 벌리고
물 달라 하고

초목은 시들어
목말라 울고 있네

비바람 어디선가
불어온다면

기러기 슬피 울며
떠나지 않았을걸

구름 한 점 없는 하늘에
해 숨을 곳 없구나

팽이

지구는 팽이같이
스스로 돌고

내가 만든 팽이는
매를 맞아야 돈다

가여운 마음에
매를 멈추면

매밥을 달라고
비실비실 눕는다

얼굴 꽃 마음 꽃

요모조모 얼굴은
예쁜 장미꽃

이심전심 마음은
순수한 코스모스꽃

나무는 하나인데
꽃은 두 가지

얼굴 꽃에선
벌이 자고

마음 꽃에선
나비가 자네

신호등

초록불 빨간불은
안전 반장인가 봐

길 건너는 사람들에게
윙크를 보내면서

안전하게 건너라고
하나둘 세고 있네

비가 오나 눈이 오나
불평 한마디 하지 않고

귀한 생명 지켜주는
너는 깜빡 지킴이

꽃 당신

저 꽃나무를
누가 심었는지

묻지 않아도
나는 알겠네

잎만 봐도 그 정성
나는 알겠네

꽃을 보면 생김생김
나는 알겠네

꽃향기 맡아 보니
그 마음 나는 알겠네

알고 보니 꽃 당신
바로 당신이었네

핑계

맑고 높은 가을 하늘에
술 취한 고추잠자리

빨개진 몸으로
갈지자 춤을 추네

여름 내내 밀밭에서
덜 익은 술 퍼먹고는

수수밭에 앉았다가
물 들었다 둘러대네

고추잠자리 술 깨면은
파아란 잠자리 되려나

동백꽃

동백 꽃잎 속에는
뜨거운 불 있어 따뜻한가 봐

한겨울 추위도 기쁨으로
즐기는 걸 보면

정열적 사랑도
감추고 있나 봐

하얀 눈이 내리면
웃는 모습 천사 같고

흔들리지 않는
고고한 자태는

임을 기다리는
기품있는 여인 같구나

일편단심 변치 않는
네 초연함에

오는 봄도 저만치서
머뭇거리고 있구나

봉사

내 작은 마음속에
봉사라는

예쁜 꽃나무
한 그루가 있다면

그 꽃나무를
내 집안에 심지 않으리

많은 사람들이 오가는
한길가에 심어

꽃을 보는 사람마다
기쁨을 얻게 하고
어둔 길을 밝게 하리라

애완견

병아리 물 한 모금 먹고
하늘 한 번 쳐다보듯

꾀돌이 내 얼굴 한 번 보고
밥 숟가락 한 번 본다

어쩌다 밥알 몇 개
흘리면

카멜레온 긴 혀로
풀벌레 낚아채듯

꾀돌이 혓바닥이
번개같이 스친다

자전거

아슬아슬하게
서커스단 곡예사같이

올챙이 꼬리 치며 가듯
요리조리 잘도 달린다

뒷바퀴는 평생을 달려도
앞바퀴를 앞설 수 없는데

불평 한마디 없이
잘도 쫓아가네

비가 오면 어떻고
눈이 오면 어떠랴

달리다 달리다
네 몸이 쇠하여

용광로에 들어가
다시 태어난다 해도

나는 너를 선택하리
영원히 사랑하리

귀한 봄

천 년의 푸른 빛이
지금도 고고한데

도예공의 숨결이
학 날갯짓에 이는구나

만고의 변치 않는
너의 신비는

고운 빛 고이 피어
영원하여라

채송화꽃

옹기종기 모여 앉아
키재기하고

아기자기 소꿉놀이
너무 귀여워

놀러 나온 나비가
얼러주면서

이 꽃 저 꽃 모두에게
입맞춤하고

너희들도 나처럼
날아 보란다

아기 섬

너는 무슨 사연 있어
그 시린 바닷물에

태풍이 몰아쳐도
꼼짝 않고 앉아 있느냐

오래전 육지로 간
엄마를 기다리느냐

널 두고 떠난 세월
얼마나 흘렀을까

어디서 뭘 하는지
저 구름은 알까 모를까

그리움 바람에 실어
소식 한 장 띄우렴

불타는 세상

단풍으로 온통
산이 불타고

오가는 등산객들
발걸음이 불탄다

새끼 먹이 나르는
어미 새 날개가 불타고

심마니들 산삼 찾는
눈빛이 불타네

기러기 날아가는
저녁노을이 불타고

그대와 마주하니
내 가슴이 불탄다

복숭아

엄마 나무에
아가들이 매달려

젖 먹는 모습을 보면
참으로 귀엽구나

시원한 바람에
목욕을 하고

따스한 햇살로
발그레한 화장을 한다

어느 때 훤칠한 청년이 되어
엄마 곁을 떠나거든

삼국지 도원결의를 한
의형제들이 천하를 얻듯

너희들도 뜻을 모아

맛으로 세상을 평정하려므나

소풍

구름 가족 바람 타고
소풍 가는데

노을이 환영하며
길을 놓네요

구름은 검은 옷
훌훌 벗어 버리고

붉은 새 옷 갈아입고
자랑하네요

겨자씨 사랑

사랑하는 당신 얼굴에
겨자씨만 한 점이

당신의 마음을
괴롭힌다면

나는 요괴의 나라
마법성을 넘어

마왕 애첩에게
하나밖에 없는 약을

목숨 걸고 훔쳐다
바치겠습니다

전봇대

내과 의사같이
머리에 갓등 하나 달고

오가는 사람 발걸음을
유심히 진찰한다

초행길 나그네에겐
길을 밝혀 주고

사랑을 속삭이는
연인들이

이별의 아쉬움에
키스를 할 때에는

안락한 등받이가 되어
주기도 한다

민들레 부부

길가 한 모퉁이에
민들레꽃 부부

신접살림 차리었나
어여쁘고 다정해라

길가는 사람마다
덕담으로 말 건네니

풋풋한 웃음으로
진향기 날려 주며

다정한 이웃 되어
정 나누며 살자 하네

2장

찔레꽃

꽃 밥

아카시아 향기 품은
살랑 바람 따라가

벌 나비 꿀 밥을
몰래 훔쳐 오듯

배고픔에 못 이겨
한 소쿠리 따다가는

토끼 가족 둘러앉아
풀 먹듯 한 끼니를 때웠으니

길고 높은 보릿고개
한숨으로 넘은 고개

어머니 한평생은
눈물 고개였었네

착각

아가씨 머리에
빠알간 머리핀 하나

길가는 사람마다
예쁘다 하니

아가씨 좋아라
신이 났는데

멋진 총각 지나며
머리핀 예쁘다네

나무

제 몸의 살점을
한 잎 한 잎 떨굴 때
얼마나 아팠으랴

칼바람에 만신창이가 된
몸을 떨며
원망도 해보려만
의연하고 담대하게
생의 순리에
순응하는 것을 보면

머지않아 희망의 봄이
온다는 것을
나무들은 알고 있나 보다

고난을 준 계절에도
넓은 도량으로
받아들이는 모습은

해탈한 늙은 스님같이

다 버리고 꽉 채운 것 같은

네가 부럽다

내 님 달님

달님 달님 고운 달님
내 맘속에 정든 달님

달 밝은 밤 임 보고파
뒷동산에 올랐더니

구름 속에 숨으면서
술래잡기 하자시네

바람 불면 나오실까
날이 새면 나오실까

이제나저제나
임 부르다 지쳤을 때

구름 걷고 나오시며
방긋이 웃으시네

민들레꽃

아담하고 예쁜
착한 민들레꽃

후덕한 마음은
이웃집 아줌마

오가는 사람마다
사귀고 싶어

쭈그리고 앉아서
놀자고 하니

바람결에 웃으며
고개를 끄덕이네

꿩 가족

뒷산에 대를 이어
살아온 꿩 가족

낮잠을 즐기는지
조용하다

노부부 힐끔힐끔
산을 쳐다보며

부지런히 밭에다
콩을 심는다

이놈들 잠 깨기 전
빨리 심어야 해

자는 척하며 엿들었나
꿩 우는 소리가 번개를 친다

귀신은 속여도
너희들은 못 속이지

노부부 순박하게
허허 웃으며

그래그래 밭 주인은 우리고
콩 주인은 너희였지

소방대원

적막을 깨는 소리
순간을 다툰다

싸이렌 소리는
급해서 울고

불자동차 바퀴도
불붙어 달린다

대원들 눈에서는
불빛이 번뜩이고

운명의 시간 앞에
망부석이 된 사람들

목숨 건 구조 대원들
손길이 닿을 때

그 뜨거움은 정녕
불길보다 더 뜨거웠다

반구정 (황희)

오백 년 세월이
꿈만 같은데

역사의 한 자락이
반구정 뜰에서

유구히 빛나고
있었네

임의 올곧은 성품은
하늘이 내리셨고

백성 사랑하심은
넓은 덕량이셨네

큰 업적 청백리로
빛나니

일어나라 피어나라
백성 같은 풀꽃들아

흘러라 강물아
날아라 갈매기야

임의 뜻 받들어
태평성대 춤을 추자

율곡

뜰에 핀 국화꽃
정겹고 다정한데

시원한 바람 타고
들려오는 글 읽는 소리

어머니 입가에
미소가 피어난다

향기롭고 고결함은
임의 성정이셨으니

나라가 어려울 때
샛별처럼 빛나셨고

백성들에겐 민족혼을
불어넣어 주셨네

영원토록 이어져갈

이 나라에

큰 발자취 남기셨으니

임의 고운 뜻 가슴에 새기리라

비우면 얻을 것이다

모든 것을 던져 버려라

너를 짓누르는 것이
무엇이더냐

사랑과 재물이더냐
명예와 건강이더냐

가슴 속에 눈물로 가득한
그리움마저 버려라

홀가분한 텅 빈 가슴으로
울어라 그리고 웃어라

벚꽃

하얀 눈꽃 같은 수많은
쌍둥이 태아를 잉태하고서

입덧 또한 얼마나
심했을까 생각하니

산모 나무에
측은한 생각이 든다

산파 같은 봄 햇살
도움받으며

화사롭게 태어난
아가 벚꽃들

방긋방긋 웃으며
상긋한 바람에 몸을 씻는다

눈물

기쁨으로 흐르는
눈물은

내 마음속
꽃으로 피어나고

슬픔으로 흐르는
눈물은

내 마음의
처연함이었네

마르지 않는
사랑의 눈물은

아픔인가
그리움인가

꽃치원

꽃밭 유치원
아가 꽃들이

재롱떨며
놀고 있을 때

나비 선생님
날아와서는

얼러주고
안아 주네요

밤이면 아가 별들
조잘대면서

아가 꽃들 잠 깨워
놀자 하네요

청소부와 빗자루

까만 밤은 밝으려고
눈도 뜨지 않은 밤

청소부 새벽잠을
베개 밑에 묻어두고

차가운 선바람
가슴으로 맞는다

제 살 깎아 아픔 참고
더러움 쓸어내는

내 분신 같은 너의 고마움을
어찌 모르랴

길거리가 구두쇠 영감
머리 빛나듯 반짝일 때

밀렸던 잠 긁어모아
긴 단잠을 자보자꾸나

찔레꽃

우물가에 처자들
물 길러 오면

찔레꽃은 활짝
웃는답니다

처자들 모여서
애기꽃 피우면

나도 함께 놀자며
애교를 부립니다

처자들 물 길어
돌아갈 때면

향기를 한 움큼씩
동이에 담아 줍니다

시집갔다 오랜만에
친정에 오면

그리움에 반가워서
눈물지며 웃는답니다

주식 시장

보이지 않는 돈이
눈처럼 쌓였다

바람처럼
사라진다

종목마다 미소 지며
유혹을 하는데

소문은 꼬리를 물고
흔들어댄다

오르면 대박
내리면 쪽박

어젯밤 돼지꿈 개꿈이
머릿속을 헤맨다

포장마차

늙은이면 어떻고
젊은이면 어떠랴

낯선 얼굴 다정한 말투
정겨움이 피어난다

네 얘기 내 얘기
술잔에 가득 담아

고달픈 인생사를
툭툭 털어 마신다

얼큰히 취하면서
희망을 얘기할 때

새벽달도 엿듣고는
웃으면서 가더라

기다림

깊은 밤 임 생각에
잠 못 이루고

창문 열고 바라보니
달빛조차 고요한데

은하강 다리 위에
노니는 선남선녀

우리 임은 어디 가고
소식조차 없으신가

임 찾는 저 새소리
이내 가슴 아픔인걸

임도 응당 느끼시면
꿈에라도 오시어서

백발에 시린 가슴
품으로 감싸주오

영원한 사랑

우리 만남의 맺은 인연
기쁨으로 승화되니

풀꽃들도 풀벌레
애창 소리도 우릴 축복하고

가슴에 품은 희망
저 하늘의 희망을 꿈꾼다

우리 아름다운 연분의 미소가
천지를 밝게 하니

흐르는 시간도
바람조차도 숨죽였다

저녁노을아
길 밝히렴

우리 사랑 영원으로 가는 길

어둠 내리지 않게

부르시면 가리라

하늘이 주시고
거두시는 생인데

무엇이 서글퍼
눈물 흘리나

인연 맺고 살아온
사랑하는 사람들

이별이 애달파
마음 아프지만

새 세상 가는 길
웃으며 떠나가리라

시온 성가대

피아노 반주 소리
성전을 감도는데

천사의 양팔은
나비처럼 날으고

찬양원들 고운 화음
아름답고 청아하니

감화받은 어린양들
숨 멈춘 지 오래다

주 은혜   한량없어
눈물 강 이루니

할렐루야 아멘 소리
하늘까지 들렸네

응배를 보내고

꿈결에 왔다가
꿈결에 간 사람

꿈이라 해도 슬펐을 것을
현실인 것을 어쩌랴

생전에 웃는 모습
그렇게도 다정했고

그 따뜻한 인정은
훈훈한 정이었지

친구야 들었겠지
우리들의 통곡 소리를

이제 세상 끈을 놓고
훨훨 떠나

슬픔과 이별 없는 나라에 살면서
영원히 지지 않는

한 송이 꽃이 되어
우리 가슴 속에 남아주게나

친구 일동

백일홍

매미 울음소리
절규하듯 울어댈 때

먹구름 떼 몰려와
비를 뿌린다

산허리에 걸쳐진
무지개 타고 와

빠알간 얼굴로
곱게도 피었구나

다독이는 햇살
소곤대는 바람

벌 나비 향기 찾아
날아들 때

내 진정한 순정으로
너를 사랑하련다

이 꽃을 누가 따랴

구름도 바람도
머무를 수 없는 곳에

어찌 그렇게도
초연하게 피어 있느냐

매무새 바로 하고
천상의 여인같이

담대하게 벼랑에 핀 너는
세월도 거스르는 모양이구나

나는 새도 벌 나비도
오르지 못하고

달빛조차 미끄러져
구름 속에 숨었다니

네게 다가갈 수
있는 것은 오로지

내 불타는 마음
뿐이로구나

목련 공주

봄바람은
아직도 차고 시린데

시녀들 시중도 없이
곱게도 피셨습니다

정든 님
맞이하시려거든

심술궂은 비바람
화장 지우기 전에

저녁 붉은 노을
곱게 받고서

눈부신 고운 얼굴로
임 맞이하소서

3장

바람
나그네

잔치국수

젓가락 들고
후르륵 소리
두서너 번 났는데

그릇 속에
국수는
오간 데 없고

덩그러니
남은 것은
국물뿐이네

꿈

꿈의 세상은
다른 세상이고

꿈을 꾸는 나는
다른 사람이다

상상할 수 없는
꿈은 신비롭고

시공간을 넘나드는
꿈에서 나는

상식도 순리도
초월한 돌연변이 같다

바람 나그네

낙엽 한 잎 애련하게
지는 모습을 보고도

눈물짓고 아파하며
생의 덧없음을 슬퍼한다

스치는 모든 것이
인연이라고

그, 소중한 순간들을
마음에 새긴다

밥 한술에 술 한잔이면
무슨 욕심 더 있으랴

세상 보이는 것이
다 친구고 싯감이니

어디든 휘돌며 가는

나는 바람 나그네

단종 임금

하늘보다 더 높은
하늘이 있을 줄이야

엄마 쫓아다니며
어리광 떨 나이

철도 덜든 순진한
어린 임금을

사탕발림 회유와
퍼렇게 날 선 겁박으로

영월 땅 산속에다
내쫓고 사약을 내렸으니

하늘땅이 노했고
백성들은 땅을 치며 울었다

아 지금도 어린 임금

한 서린 울음소리가

유구히 흐르는 역사 저편에서

들려오는 듯하구나

소나무

사철 푸른 정기는
하늘 푸르름 같고

솔 바늘 꼿꼿함은
선비 지조 같아라

온몸에 훈장 달고
홀로 빛날 때

독립군 같은 애국심
영원히 청청하여라

요양원

마라톤 코스를
힘차게 뛰다가

골인 지점 코앞에
남겨두고

거친 숨을 몰아쉬며
인내로 버틴다

대신 뛰어줄 수 없는
삶의 경기에서

달려온 회한의 길을
뒤돌아보며

느리지만 남은 거리를
한 발 한 발 접는다

봄의 정경

하늘엔 비구름
뭉게뭉게 떠가고

봄바람은 살랑살랑
봄비 몰고 와

보슬비 보슬보슬
소리 없이 내리니

아가 꽃들 잠 깨어
새록새록 피어나네

나비가 무희처럼
나풀나풀 춤추는데

어데서 풀피리 소리
삐리삐리 들려오니

나물 캐는 처녀들
호호대고 웃는 소리에

앞산 뻐꾸기도
뻐꾹뻐꾹 울더라

매운탕

소리가 들린다
정겹게 끓는 소리

빛바랜 냄비 속에
깊은 맛 우러나고

모락모락 오른 김
코끝을 농락하니

둘러앉은 식객들
침 넘어가는데

얼큰한 진한 맛
입안에서 녹는다

매화꽃

맑은 향기 흩날리며
피어난 매화꽃

곱고 예쁜
빠알간 누나 입술 같아라

벌 나비 향기 찾아
앞다퉈 날아들고

봄바람은 간지럽게
사분사분 부는데

아른아른 매화꽃
졸리기도 하련만

향기밥 나눠주며
쉬었다 가라하네

신하 소나무

새벽 별은 아직도
불놀이가 한창인 밤

법주사 종소리
맑은 바람의 몸 씻은 듯

은은하고 청아함이
영롱한 이슬 같구나

어가를 방해하다 어명 받들어
하사받은 정이품

역사 속에 잠든 군주께
보은 삼배 올리고는

노구의 의연한 몸으로
숲속 백성들에게

긴 팔로 아우르며

선정을 베푼다

선비

초연하게 정신을
가다듬고

낭랑한 목소리로
글을 읽는다

추녀 끝에 울어대는
풍경 소리

함께 어우러져
운치가 더할 때면

별들이 문설주에
귀대고 듣는다

하늘 높이 펼쳐질
웅지의 날갯짓에

선비의 수려함이
연꽃처럼 피어나는데

대나무 흔드는
바람 소리는

선비의 날 선 붓끝에
고요히 잠든다

우리 님은 나비님

홀연히 떠나신 님
잊을 수 없어

하얀 낮 까만 밤을
슬픔으로 사리고는

일편심 초연하게
한 송이 꽃 되어서

나비 되어 오실 님
기다릴게요

봉숭아

아련한 옛 추억
빠알간 그리움 하나

손톱에 물들인 정표로
엄마 얼굴이 떠오른다

행여나 묶은 실
잠결에 풀어질까 봐

마음 졸이며
밤잠 못 이룰 때

가슴 토닥거리며
웃으시던 고운 어머니

행주산성

산성의 푸르름은 임진난 때 산화한
영령들의 애국충정에 높은 정신이요

산성을 휘감아 도는 바람은
산화한 영령들의 기상이라

세월의 묻혀버린 먼 역사를 돌아보니
권율 장군 칼 울음소리 서릿발같이 차갑구나

피 튀기는 함성 소리 천지를 진동할 때
강물에 굴러떨어진 왜적들의 비명 소리
허공에서 지는구나

동네 사람들 행주치마로 날른 돌이 얼마더냐
하늘에 별을 센들 이보다 많을쏘냐

돌 굴려 싸운 전투 승전고를 울리었네
행주마을 행주치마 조상 얼이 서려있네

밤낮없이 흘린 피땀 하늘도 감동했고
임들의 고운 희생 산성에서 꽃 피웠네

멍석

하늘나라 창고에는
네 개의 멍석이 있다네

봄 여름 가을 겨울
사계절 멍석이

춥고 삭막한 긴
겨울 멍석 거두고

만물이 생동하는
봄 멍석 깔아 놓으니

아가 풀꽃들 방긋방긋
웃음이 뒹군다

젖을 품은 봄비도
장난기 많은 봄바람도

살며시 간지럼 태우며

함께 놀잔다

출렁다리

하늘이 내려주신
신비스런 마장 호수

출렁다리 걸어 놓으니
경이롭기 그지없네

밤이면 아가 별들
소풍 와서 노는 곳

꽃피고 새가 우니
아름답기 더없더라

구름 인파 동심되어
터지는 탄성 소리

물속에는 고기들도
꼬리 치며 신이 났네

까마득한 생각으로
사방을 둘러보니

하늘도 출렁이고
세월도 출렁이네

어머니

무딘 바늘 흰머리
숫돌 삼아 날 세우고

애벌레 기어가듯
한 땀 한 땀 꿰매 간다

초라한 등잔불은
시름시름 졸고 있고

화롯불은 희뿌옇게
삭아져 가는데

어머니 쉰 기침 소리에
새벽 닭이 놀라 운다

아궁이는 불 먹은 지
오래고
문풍지는 섧게 우는데

부르튼 손끝에 아려옴이
가슴 속으로 파고든다

승강기

손톱만큼 전기 밥을
주면 일을 하고

그것도 밥이라고
안 주면 꼼짝 않는다

오르고 내려가며
통째로 삼키고는

뱃속을 다 보이고
그대로 토해낸다

세상에 너 없다면
빌딩이 어뎠으랴

고맙다 네 덕분에
내 무릎이 웃는다

할머니 사랑

새벽 기차 소리는
할머니 시계

더듬더듬 성냥 찾아
등잔불을 켜신다

꿈속에 소풍 간 손주들
내 찬 이불 덮어주며

방이 다 식었다고
군불 때러 나가신다

봄 소리

따스한 봄바람
봄볕 몰고 와

아가 풀들 잠 깨워
새 움 트였네

아지랑이 좋아라
밭두렁에 뒹굴고

겨울잠 깨어난 개구리
하품하며 눈 비비네

메마른 가지에도
물 오르는 소리 들린다

사랑으로 시를 쓴다

시 한 수에 이 세상을
다 담을 수 있다면

그 시를 내 가슴에 담아
세상을 꽃피우리

비바람에 지는
꽃잎 하나도

어미 찾는 애끓는
어린 산새 소리도

존재하는 모든 것들의
소중한 가치를 위하여

값진 사랑으로
나는 쉬지 않고 시를 쓰리라

거미

목공 기술이
뛰어난

대목수라 해도
어찌 너만 하랴

연장 하나 없이
제 몸 실을 뽑아

그물 집 지어놓고
귀퉁이 한편에서

세상 잊은 듯
한잠 자고 나면

먹거리가
한상 차려져 있으니

수라상 받는 왕이라도
너만은 못하리

나팔꽃

귀염을 떨어
환심을 얻고는

남의 몸을
돌돌 감고 올라가

자랑스럽다는 듯
예쁘게 웃는다

나팔 같은 입으로
너의 꽃말처럼

큰 소리로 기쁜 소식
전해주렴

노처녀의 꿈

겉으로는 시침을
뚝 떼지만

속으로는 말 탄
왕자를 기다린다

오늘이고 내일이고
말 울음소리 들리면

왕자님 나를 번쩍 안아
등 뒤에 태우고

높고 깊은 궁궐 속으로
달려가겠지 하고

4장

산사의
아침

초가집

정든 내 어린 시절
고향 초가집

짚으로 굴비 엮듯
이엉을 엮어

인디언 추장 옷처럼
반지르르하게 두르고

딸내미 양 갈래 머리 같은
용마름 얹으니

참새들 짝을 지어
처마 속에 집을 짓네

지붕 위 덩그런 박덩이는
우리 가족 뿌듯한 마음이었네

배고픔의 설움

추수 끝난 고래논
수렁 한가운데

외로운 두루미
한 마리

전쟁터에서
한 발을 잃었느냐

발이 시려워
한 발을 들고 있느냐

춥고 배고픈 이 밤을
어쩌려고

빈 우렁 껍데기만
이리저리 쪼아대느냐

한 잎의 영광

잎 하나 더 있다는
생김새 하나로

세 잎들 부러움 사는
홍일점이 되었구나

전쟁터에서 너로 인해
목숨을 구했다는

프랑스 어느 장군은
영웅이 되었고

너는 그 영웅보다 더
영광스런 존재가 되었으니

사람들은 너를 보면
행운이 온다고 믿고 있단다

대머리가 된 이유

따스한 햇살
시원한 바람
공짜로 쐬니 좋고

비 온 뒤 무지개도
해 질 녘 노을도
공짜로 볼 수 있어 좋다

친구 월급 탔다
술 한 잔 산다니
공짜로 먹으니 좋고

내 님 노랫소리
우리 아가 웃음소리
공짜로 들으니 참 좋다

달력

열두 벌집 애벌레들
삼백육십오 마리

머리와 까만 눈동자만
내놓고 있다가

선택받은 날짜 되면
성충 벌 되어

단 하루 동안 활개를 치고
과거 속으로 날아가

역사의 하루로
남는다

억만 세월이 흘러도
돌아올 수 없는 너는

그날의 기쁨과 슬픔의
흔적으로 남아

전설적 추억의
그리움으로 피어나겠지

피서

숨 막히는 도시를
깨면서

목을 길게 뽑고
탈출하는 사람들

답답한 가슴에
고였던 피를 토하고

자연에 몸을
던지러 간다

산에는 바람 소리
바다에는 파도 소리

어떤 연주보다도
아름다운 네 소리를 들으려

은혜를 갚는 벼

주인님 오시는 발걸음 소리
새벽잠을 깨우네

어둠이 밝기 전
어서어서 일어나

맑은 바람의 몸을 씻고
아침 이슬밥 먹고 나서

주인님 좋아하는
고개 춤 추어 보자

가을 햇살 따가울 때
하얀 속살 살찌워서

주인님 빗살 주름
우리가 펴주자꾸나

끝없는 달리기

삼대가 운동장에서
달리길 한다

손주 초침이
빠른 속도로 앞서 달린다

아버지 분침이
서서히 뒤를 따르는데

할아버지 시침은
거북이 걸음이다

삼대는 약속된 규칙으로
밤낮없이 달리며

그 무겁고 긴
희로애락이 담긴 세월을

불평 한마디 없이
잘도 이끌고 간다

피사리

적국 첩자가
몰래 숨어들어와

자유롭게 사는
벼 포기 속에 끼어

천사의 얼굴을 하고
시침 뚝 떼고 살아간다

보이스피싱 같이 살랑살랑
유혹을 하면서

농부의 정신과 손길을
헷갈리게 해

아차 하는 순간
벼는 뽑혀 나가고 피는 웃는다

소리 구슬

귀뚜라미 소리
또루루 굴러

내 귓속 깊이 들어와
구슬 되어 쌓인다

귀하고 값진 보배를
꿸 수만 있다면

사랑하는 임
목에 걸어 드리련만

사투리

한 마디 한 마디
혹이 붙은 애교

순박하고 해맑음은
꾸밈없는 마음이네

깨 볶음처럼
고소하게

피어나는
사투리 꽃

남대문 시장

가판대 위에 서서
말총을 쏘는 사람

물건을 흔들며
값을 땅에 내던진다

귀에 총을 맞고
몰려드는 사람들

총 맞은 상처가
마음 뿌듯

입가에 꽃으로 송이송이
피어난다

가을의 설움

나뭇잎에 마지막 선물로
단풍 옷을 입히고

못내 서러워 우수에 젖은
슬픈 사연 남기고는

홀연히 떠나는 나그네
뒷모습같이 쓸쓸하구나

어디를 향해 가기에
야반도주하듯

낙엽 우는 소리를
허공 속에 남기고

된 바람 속으로
사라져 가느냐

고마움

구름은 제멋대로
자유롭게 흐르고

모였다 흩어졌다
군사놀이 하면서

농부들 땀 흘리면
해 가려주고

초목이 목마르면
비 뿌려준다

왕따

낯선 사람이나
약한 사람을 보면

두꺼비 앞에서
어른거리는 파리 정도로 본다

웃으면 웃는다고
쳐다보면 째려본다고

건방을 떤다며
생트집을 잡아꼰다

굽은 나무가
곧은 나무를 나무라는 격

뭉게구름은 조각구름
받아들여 하나가 되고

강물은 냇물을 받아들여
함께 흐른다

왕따를 당한 사람은
가슴에 멍이 들고

왕따를 시킨 사람은
영혼이 멍든다

가을 마당

겨우 알몸 아닌 명분은
꼭지 하나였는데

그마저 떼어 버리고
멍석에 누운 빠알간 고추들

부끄러움 눈 딱 감고
매운맛으로 배짱 내밀며

뜨거운 뙤약볕에
일광욕을 즐긴다

강아지 제 꼬리 물고
빙빙빙 도는데

신이 난 돌잼아이
따라 돌다 넘어져 울상이다

할머니 손주 안고
얼러주며 웃으실 때

고추잠자리떼 맴돌며
강강술래 놀이하네

행복

티 없이 맑은 늦둥이의
해맑은 웃음소리

천산에 내린
아침 이슬같이 반짝인다

햇바람처럼
시원하고 순수해

내 고단한 삶의
청량제 되어

잠든 너를 안고
행복에 젖어 있을 때

아가는 꿈속에서
향기 웃음 날리며

아름다운 꽃밭에서
나비 쫓으며 뛰어놀고 있겠지

산사의 아침

노승의 목탁 소리
산사에 울려 퍼지고

새벽잠 깨어난
숲속 중생들 불공을 드린다

백팔번뇌를 넘어
무아경지에 이르니

모든 고뇌와 번민이
연기처럼 사라지고

텅 빈 마음속에
연꽃이 피어난다

백결 선생

한 곳 성한 데 없이
해진 옷을 백 가지 천 조각으로

검소를 꿰매어
가난을 이긴다

아이들 같은
순수한 마음이

백결 선생 얼굴에
알록달록 웃음이 피어난다

하늘의 제왕

거침없는 네 기상을 봐서는
하늘도 좁겠지

큰 날개를 펴 보이는
웅지를 보면

세상을 다 품고도
남을 것 같구나

눈빛은 날빛보다
더 빛나고

귀는 간신배보다
더 밝아

개미 숨소리도
다 들을 수 있겠지

발통집게차로
곡괭이 부리로

태산인들 못 옮기고
철판인들 못 뚫겠느냐

하늘에서 숲에서
제왕처럼 호령하며 살려므나

빨래터의 비밀

마을 앞 개울가
빨래하는 아낙네들

누가 먼저라 할 것 없이
뜬소문을 쏟아낸다

밑도 끝도 없는 얘기들을
빨래판에 올려놓고

방망이로 두드리며
재판을 한다

빨래가 끝나고
헤어질 때면

뜬소문 꼬리가
십 리는 길어져

아낙들의 묘한 웃음소리엔
더 많은 비밀을 감추고 간다

호박의 충고

나 보고 미련하다
못생겼다 말들 하지만

구수한 된장찌개
끓여 먹을 땐

숟가락 싸움하며
나만 떠가려 하면서

미련 바보는 나보다
지들이지 잘난 게 뭐 있다고

호박꽃 어쩌구저쩌구
나를 흉을 봐

선물 (이행시)

선하게 사는 것이
내 삶의 가장 큰
근본이요

물처럼 흐르는
모든 사람들과 함께하는 것이
내 인생의 힘이다

찐빵

가슴속 빠알간
너의 순정을

고이고이 감추고
수줍어할 때

사랑을 속삭이던
학창 시절에

너를 핑계 삼아
영원한 인연을 맺게 되었지

요즘도 가끔은
너를 찾아가

그 시절 그 추억을
그리워한단다

두 마을

병풍처럼 둘러쳐진
아늑한 영주산 아래

하늘이 내려주신
두 마을이 있는데

꽃피고 새가 우니
아름답기 더없더라

앞마을은 안골이고
뒷마을은 뒤꾸지네

두 마을은 서로 돕고
친구 되어 지내면서

등고개를 넘 가오며
만년 우정 쌓았다네

좋은 일 궂은일
한마음으로 참여하고

맛난 음식 만들어
정 나누며 나눠 먹고

풍년가를 부르며
마을 평안 축원 빌며

대대손손 이어져 온
조상 은덕 기리면서

후손들도 본받아
영원 세세 살아가세

시평 – 박재홍 시인

우리는 세상을 살면서 많은 사람과 만난다. 그 가운데서도 보통 친하게 어울리는 사람을 친구라고 부른다. '객지 벗 10년'이라는 말이 있는 것을 보면 친구는 나이의 많고 적음에 관계없이 부르기도 하는 모양이다. 나이 차이가 많아도 친화력이 뛰어나서 서로 '호형호제'하는 사이라면 친구라고 불러도 좋을 듯싶다.

경규학은 누구와도 스스럼없이 어울릴 수 있는 그런 사람이다. 그는 수년 전 호수 공원에서 열렸던 '실버 백일장'에서 입상한 후 등단 시인으로서 왕성한 작품 활동을 하는 '대기만성형' 시인이기도 하지만 무엇보다도 그의 성정이 정이 많고 거짓이 없는 '후박(厚薄)'한 성격이다. 그래서 그의 시 역시 소박하면서 꾸밈이 없다.

문학의 생명은 신선함에 있다. 다른 작품을 모방했다거나 상투적인 어휘와 표현들을 쓰고 있다면 그 작품은

이미 생명력을 잃은 것이다. 그런데 이 신선함은 작가의 다양한 경험과 사고 체계, 사회와 사물을 바라보는 통찰력, 자연에 대한 동경과 심미적 정서를 통해 표출된다.

시집 《낮은 곳에서 피어나리》는 우선 신선하다. 결코 복잡하거나 난해한 언어가 아닌 평범하면서도 사람 사는 정이 물씬 배어 나오는 어휘와 참신한 비유가 큰 특징이다. 그의 시 전반에 걸쳐 흐르는 주된 테마는
  ①힘들고 가난한 자들에 대한 관심
  ②긍정적이며 달관적인 세계관
  ③자연과 꽃에 대한 애정이 주류를 이루고 있다.

1. 〈사랑으로 시를 쓴다〉

시 한 수에 이 세상을
다 담을 수 있다면
그 시를 내 가슴에 담아
세상을 꽃 피우리

비바람에 지는
꽃잎 하나도
어미 찾는 애끓는
어린 산새 소리도

존재하는 모든 것들의
소중한 가치를 위하여
값진 사랑으로
나는 쉬지 않고 시를 쓰리라

▶▶ '시 한 수'에 세상을 꽃 피우고, 존재하는 모든 것들의 소중한 가치를 위하여 쉬지 않고 시를 쓰겠다고 말한다. 그가 말하는 소중한 가치는 무엇일까? 바로 '사랑'이다. 값진 사랑이야말로 시인의 가슴속 깊은 곳에서 복받치는 시 쓰기를 향한 '열정의 에너지'다.

2. 〈산사의 아침〉

노승의 목탁 소리
산사에 울려 퍼지고
새벽잠 깨어난
숲속 중생들 불공을 드린다

백팔번뇌를 넘어
무아경지에 이르니
모든 고뇌와 번민이
연기처럼 사라지고

텅 빈 마음속에
연꽃이 피어난다.

▶▶ 경규학의 순수는 어디서 기인하는 것일까? 어린이와 꽃을 좋아하고 사물을 바라보는 그의 시선이 따뜻하기 때문이다. 그가 사용하는 방언은 '인연', '회한', '해탈', '번뇌'와 같은 불교적 어휘들이다. 이는 작가가 살아온 삶의 여정이 결코 화려하거나 잔망(屛妄)하지 않았다는 것을 방증한다. 머리를 숙이고 마음을 억누른다는 뜻으로 저수하심(低首下心)이라 쓴다. '하심'은 '내려놓음'이다. 일체유심조(一切唯心造) 모든 것은 마음속에 있기에 작가는 마음을 비우고 연꽃을 피우고자 하는 것이다.

3. 〈바람 나그네〉

낙엽 한 잎 애련하게
지는 모습을 보고도
눈물짓고 아파하며
생의 덧없음을 슬퍼한다

스치는 모든 것이
인연이라고
그, 소중한 순간들을
마음에 새긴다

밥 한술에 술 한 잔이면
무슨 욕심 더 있으랴
세상 보이는 것이
다 친구고 싯감이니
어디든 휘돌며 가는
나는 바람 나그네

▶▶ 사람들은 나이가 들면 시인이 되고 철학자가 된다고 한다. 나그네가 바라보는 세상은 무념무상(無念無想)이다. 삶의 덧없음과 무소유, 노년을 함께해 줄 친구와 시(詩)가 시인의 전부다. '술 한 잔과 시 한 수'로 천하를 주유한 김삿갓을 떠올리게 한다.

'낮은 곳'은 시인이 어렵고 힘겨운 날들을 보낸 처절한 상념의 공간이자, 돈 없고 배경 없는 서민들의 치열한 삶이 존재하는 극한의 공간이다. 바람 나그네 경규학은 바로 이 세상 사는 사람들의 이야기에 초점을 맞추고 사유(思惟)한다.

4. 〈할머니와 리어카〉

허리가 기역 자로
굽은 할머니

코가 땅에 닿을 듯
애처로운데

낡아빠진 리어카에
고물 밥을 먹인다

할머니는 배가 고파
죽겠다 하면서

리어카만 배부르면
기분이 좋아진다

두 바퀴는 좋아라
삐걱삐걱 노래하고

할머니는 신이 나서

어깨춤을 추신다.

▶▶ 하루 종일 온몸으로 리어카를 끌며 고물 파지를 주워봐야 고작 사오천 원, 만 원 벌이도 안 되는 일이다. 등허리가 심하게 굽어서 '할머니가 리어카를 끄는지', '리어카가 할머니를 모시고 가는 건지' 분간이 안 될 정도지만 시인은 '코가 땅에 닿을 정도로 허리가 굽은 할머니'를 통해 숙연한 인간 삶의 모습을 보여준다. '고물 밥을 배가 터지게 먹어 삐걱거리는' 리어카 소리와 배고픈 할머니의 힘들어하는 모습이 오버랩 된다. 그럼에도 할머니가 내일도 고단한 '일터'로 나설 수 있는 것은 종일 열심히 바퀴를 굴려 준 리어카의 노랫소리가 있기 때문이다. '좋은 시'는 이와 같이 대상에 대한 순수하면서도 진지한 관찰을 통하여 탄생한다.

6. 〈청소부와 빗자루〉

까만 밤은 밝으려고

눈도 뜨지 않은 밤

청소부 새벽잠을

베개 밑에 묻어두고

차가운 선바람
가슴으로 맞는다

제 살 깎아 아픔 참고
더러움 쓸어내는
내 분신 같은 너의 고마움을
어찌 모르랴

길거리가 구두쇠 영감
머리 빛나듯 반짝일 때
밀렸던 잠 긁어모아
긴 단잠을 자보자꾸나

▶▶ 또 하나의 고단한 일터는 더러워진 길거리로 출근
해야 하는 청소부 아저씨의 '일터'다. 우리가 상쾌한 아침
유쾌하게 출근길에 나설 수 있는 것은 새벽잠을 설쳐가
며 거리를 깨끗하게 청소해준 청소부 아저씨의 헌신이 있
었기 때문이다. 새벽 3시, 매서운 살바람을 맞으며 열심
히 일한 누군가의 희생이 있었기에 이 도시가 제대로 작
동할 수 있는 것이다. '제 살을 깎아 더러움을 쓸어낸' 빗
자루는 시인의 분신이자 순수의 상징이다.

7. 〈포장마차〉

늙은이면 어떻고
젊은이면 어떠랴
낯선 얼굴 다정한 말투
정겨움이 피어난다.

네 얘기 내 얘기
술잔에 가득 담아
고달픈 인생사를
툭툭 털어 마신다.

얼큰히 취하면서
희망을 얘기할 때
새벽달도 엿듣고는
웃으면서 가더라.

▶▶ 포장마차는 누구나 싼값에 얼큰히 취하면서 하루의 고단한 일상을 나눌 수 있는 공간이다. 적어도 이 공간에서는 남녀노소를 가리지 않는다. 대통령을 안주로 삼든, 직장 상사 뒷말을 하든 아무도 나무랄 사람이 없다. 돈이 모자라 강술을 먹어도 탓할 사람 없는 서민들의 공간이다. 그래서 포장마차는 고달픈 인생사를 술잔에 담아 툭툭 털어 마시고 난 다음 날, 또 열심히 일하러 나갈 수 있는 '활력 충전소'다.

8. 〈요양원〉

마라톤 코스를
힘차게 뛰다가
골인 지점 코앞에
남겨두고
거친 숨을 몰아쉬며

인내로 버틴다

대신 뛰어줄 수 없는
삶의 경기에서
달려온 회한의 길을
뒤돌아보며
느리지만 남은 거리를
한 발 한 발 접는다.

▶▶ 동네 어르신들이 어느 날부터 한 분 한 분 안 보이신다. 곳곳에 요양원이 들어서면서 동네 어르신들이 차츰 증발해 버렸다. 요양시설에는 마라톤 코스를 뛰다가 지쳐서 휴식을 취하시는 어르신들로 가득하다.

일제 침략과 6·25 전쟁의 폐허 속에서 한강의 기적을 만들어 내고, 끼니만 해결해도 행복했던 나라를 세계 10위의 경제 대국으로 만든 우리의 부모 세대는 정작 자신들의 '노후 준비'를 하지 못했다. 이제 살만해지니까 건강이 망가지고 자식들의 짐이 된 것이다. 돌이켜 보면 어찌 회한이 없을까? 그래도 부모님은 자식들을 안심시키기 위해 한 발 한 발 안간힘을 써본다.

9. 기타 시평

(전략) 귀에 총을 맞고 / 몰려드는 사람들 / 총 맞은 상처 가 마음 뿌듯 / 입가에 꽃으로 / 송이송이 / 피어난다 〈남대문 시장〉

적막을 깨는 소리 / 순간을 다툰다 (중략) / 목숨 건 구 조대원들 / 손길이 닿을 때 / 그 뜨거움은 정녕 / 불길보 다 더 뜨거웠다 〈소방대원〉

적국 첩자가 / 몰래 숨어들어와 (중략) / 농부의 정신과 손길을 / 헷갈리게 해 아차 하는 순간 / 벼는 뽑혀 나가 고 피는 웃는다 〈피사리〉

▶▶ 경규학의 시를 끌고 나가는 에너지는 '리얼리티'다. 싸구려를 외치는 남대문 상인들과 불길보다 더 뜨거운 소방관들의 헌신, 농부의 손에 뽑혀 나가는 피사리 현장 에는 순수한 열정과 땀이 있다. 관찰과 상상력, 신선한 어휘의 선택을 통하여 대상이 지닌 '순수'를 발견할 때 독

자들은 살아 움직이는 시의 '생명력'을 느낀다. '싸구려를 외치는 노점 상인들의 외침' → '총소리', '농사를 망치는 피' → '적국첩자' 비유가 신선하다.

아담하고 예쁜 / 착한 민들레꽃 / 후덕한 마음은 / 이웃집 아줌마 / 오가는 사람마다 / 사귀고 싶어 / 쭈그리고 앉아서 / 놀자고 하니 / 바람결에 웃으며 / 고개를 끄덕이네 〈민들레꽃〉

귀염을 떨어 / 환심을 얻고는 / 남의 몸을 / 돌돌 감고 올라가 / 자랑스럽다는 듯 / 예쁘게 웃는다 / 나팔 같은 입으로 / 너의 꽃말처럼 / 큰소리로 기쁜 소식 전해주렴 〈나팔꽃〉

아련한 옛 추억 / 빠알간 그리움 하나 / 손톱에 물들인 정표로 / 엄마 얼굴이 떠오른다 / 행여나 묶은 실 / 잠결에 풀어질까 봐 / 마음 졸이며 / 밤잠 못 이룰 때 / 가슴 토닥거리며 / 웃으시던 고운 어머니 〈봉숭아〉

▶▶ 꽃과 자연에 대한 시인의 관심은 남다르다. 꽃에 대한 관찰 역시 다양하다. 민들레, 코스모스, 진달래, 나팔꽃, 봉숭아, 매화, 찔레꽃, 백일홍, 벚꽃, 채송화, 동백꽃 등 고즈넉한 시골집 앞마당 작은 화단이나 담벼락에 소박하게 피우던 꽃들이다. 장미꽃과 같은 화려한 꽃은 찾아볼 수 없다.

'꽃'은 후덕한 이웃집 아줌마가 되었다가 기쁜 소식을 전하는 나팔도 되고 손톱에 물들인 정표로 치환된다. 비유에 정이 듬뿍 담겨 있어 담백하다. 마치 동시를 읽는 것 같은 '운율'과 '순수함'이 잘 드러난 시다.

10. 〈이 꽃을 누가 따랴〉

구름도 바람도
머무를 수 없는 곳에
어찌 그렇게도
초연하게 피어 있느냐

매무시 바로 하고
천상의 여인같이
담대하게 벼랑에 핀 너는
세월도 거스르는 모양이구나

나는 새도 벌 나비도
오르지 못하고
달빛조차 미끄러져
구름 속에 숨었다니

네게 다가갈 수
있는 것은 오로지
내 불타는 마음
뿐이로구나.

▶▶ 이 시의 대상은 '꽃'이지만 드러난 모습은 '천상의 여인'이다. 동시에 시인의 마음속에 품은 시적 테마는 '순수에 대한 열정'이다. 천상의 여인같이 초연하게 피어 있는 꽃, 아무도 다가갈 수 없는 거리에 핀 꽃을 시인은 못내 아쉬워한다. 그러나 꽃의 본질은 '따는 것'이 아니라 '바라보는 것'이다. 시어(詩語) 역시 같다. 꽃의 아름다움은 보일 듯 말 듯 살짝 숨어 있을 때 그 빛이 영롱하듯 시어 역시 살짝 숨어 있을 때 더욱 귀하다. 시의 대상은 숨어 있는 꽃과 같다. 그 꽃의 아름다움과 내면의 깊이를 찾아내는 것은 시인의 몫이다.

'낮은 곳'으로부터 시작하는 경규학의 시 쓰기가 순수의 '꽃'을 만개할 수 있기를 기대해 본다.

낮은 곳에서 피어나리

초판 1쇄 인쇄 2019년 10월 23일
초판 1쇄 발행 2019년 10월 28일
지은이 경규학

펴낸이 김양수
책임편집 이정은
편집·디자인 김하늘

펴낸곳 도서출판 맑은샘
출판등록 제2012-000035
주소 경기도 고양시 일산서구 중앙로 1456(주엽동) 서현프라자 604호
전화 031) 906-5006
팩스 031) 906-5079
홈페이지 www.booksam.kr
블로그 http://blog.naver.com/okbook1234
이메일 okbook1234@naver.com

ISBN 979-11-5778-401-1 (03800)